Nous remercions le ministère du Patrimoine canadien,
la SODEC et le Conseil des Arts du Canada
de l'aide accordée à notre programme de publication

 Patrimoine Canadian
canadien Heritage

 Conseil des Arts Canada Council
du Canada for the Arts

ainsi que le gouvernement du Québec
– Programme de crédit d'impôt
pour l'édition de livres
– Gestion SODEC.

Nous reconnaissons l'aide financière
du gouvernement du Canada
par l'entremise du Programme d'aide au développement
de l'industrie de l'édition (PADIÉ) pour ce projet.

Illustration de la couverture
et illustrations intérieures :
Joël Perreault

Couverture :
Conception Grafikar

Édition électronique :
Infographie DN

Dépôt légal : 2ᵉ trimestre 2007
Bibliothèque nationale du Canada
Bibliothèque nationale du Québec

1234567890 IML 0987

Des élections
sucrées

COLLECTION
PAPILLON

**DE LA MÊME AUTEURE
AUX ÉDITIONS PIERRE TISSEYRE**

Collection Papillon
Monsieur Patente Binouche, 2005.
Cauchemar à Patati-Patata, 2006.

**Catalogage avant publication
de Bibliothèque et Archives Canada**

Girouard, Isabelle, 1971-

    Des élections sucrées

    (Collection Papillon ; 131)
    Pour les jeunes de 9 à 12 ans.

    ISBN 978-2-89633-010-2

    I. Perreault, Joël. II. Titre III. Collection: Collection
    Papillon (Éditions Pierre Tisseyre) ; 131.

PS8613.I76S42 2007   jC843'.6   C2007-940356-5
PS9613.I76S42 2007

Des élections sucrées

roman

Isabelle Girouard

**ÉDITIONS
PIERRE TISSEYRE**

9300, Henri-Bourassa Ouest, bureau 220
Saint-Laurent (Québec) H4S 1L5
Téléphone : 514 335-0777 – Télécopieur : 514 335-6723
Courriel : info@edtisseyre.ca

À ma famille, qui me soutient
dans les bons comme dans les moins
bons moments, et à tous ceux
qui aiment encore rêver.

1

Mystère
à la mairie

La pénombre enveloppait tout doucement le village de Patati-Patata. Le sommeil s'emparait déjà des enfants alors que les plus grands vaquaient à leurs dernières occupations. Le ciel, où l'on ne voyait pas même l'ombre d'un nuage, serait parsemé d'étoiles sous peu. Une brise fraîche annonçait que la nuit serait agréable.

Insensible aux charmes de cette magnifique soirée d'automne, monsieur Gant de Fer s'affairait nerveusement à mettre la touche finale à son habillement. Lui, qui d'habitude aimait observer la voûte étoilée avec son énorme télescope, ne se préoccupait aucunement du temps qu'il faisait. Incertain, il contemplait son reflet dans le miroir. Devait-il opter pour sa cravate jaune fleurie ou son nœud papillon préféré ? Cette décision se révélait de la plus haute importance, compte tenu du caractère extrêmement solennel de la réunion à laquelle il allait se rendre.

— Des fleurs... ou des petits pois mauves ? se demandait-il, la mine renfrognée.

Après quelques instants d'hésitation, le nœud papillon l'emporta et le maire entreprit soigneusement de le nouer. Puis, jugeant son allure acceptable, il jeta un bref coup d'œil à son bracelet-montre. Comme il lui restait encore un peu de temps, il se mit à faire les cent pas à travers la pièce en se parlant à lui-même d'une voix empreinte d'émotion.

— Mes chers concitoyens... Mes précieux amis... Non... Heu... Mes estimables conseillers et amis, nous voici rassemblés ce soir à la mairie pour... Oh là là ! C'est bien trop difficile ! Bon.

C'est avec une profonde tristesse...
Heu... Plutôt avec un pincement au cœur que...

Et le pauvre homme soupirait à fendre l'âme, cherchant les bons mots pour affiner le discours qu'il s'apprêtait à prononcer, sachant très bien que celui-ci affecterait beaucoup ses chers villageois.

— Pour conclure, après mûre réflexion, je calcule que le moment est venu de... Enfin, ce que je souhaite vous dire, c'est que la somme de mes pensées me conduisent à vous annoncer que...

Monsieur Gant de Fer hocha la tête, consterné. C'était bien plus ardu qu'il ne l'avait imaginé. Le cœur lourd, les traits tirés, il se dirigea d'un pas bien las vers la porte d'entrée, qu'il franchit la tête basse. L'heure était arrivée.

— Je dois le faire. Ils comprendront, murmura-t-il pour se donner du courage.

Pendant ce temps, non loin de là, les conseillers du maire discutaient fébrilement tout en prenant place dans leur salle de réunion habituelle. Ils tergiversaient avec animation sur les raisons de cette convocation. Les rumeurs allaient bon train.

Les chuchotements s'accentuèrent quand les trois journalistes du village pénétrèrent dans la pièce. Comme on ne voyait normalement ces trois rivaux ensemble que lors d'événements extraordinaires, les hypothèses se multipliaient. Que pouvait bien signifier leur présence à la mairie?

Monsieur De la Fouine entra le premier en se traînant les pieds, qu'il avait d'ailleurs fort longs, tout en scrutant l'assemblée de son œil aiguisé. Hochant la tête de temps en temps, il se dirigea, sans adresser la parole à qui que ce soit, vers un coin stratégique de la salle. Ainsi positionné, il pouvait aisément épier tout ce qui s'y passait et entendre toutes les conversations. Crayon en main, il notait discrètement le résultat de ses observations sur un minuscule bloc-notes en marmonnant des paroles incompréhensibles. Bien enfoncé sur sa tête, un

couvre-chef aux larges rebords voilait son regard perçant.

Monsieur Du Potin le suivait, vêtu de son éternel veston grisâtre trop grand pour lui. Il effectuait, comme à son habitude, d'immenses enjambées, s'approchant ainsi subtilement de ses proies. Il bombardait aussitôt ses victimes de questions, les faisant sursauter à tout coup.

— Que savez-vous? demandait-il d'un ton soupçonneux. Pourquoi cette convocation? Où se cache le maire? Croyez-vous aux extraterrestres? Que faisiez-vous ce matin au petit déjeuner? Quelle est votre couleur préférée? Êtes-vous au courant du temps qu'il fera demain? Votre discours n'est pas clair, me cacheriez-vous quelque chose? Saviez-vous que les murs ont des oreilles? Je vous aurai à l'œil! Croyez-moi. Ah, ah!

Et il agitait un énorme micro rouge sous le nez des pauvres conseillers visiblement désemparés, leur laissant à peine le temps d'émettre un petit « Euh ».

— Eh bien, je vous remercie beaucoup de votre collaboration, vos paroles seront citées avec rigueur, croyez-moi.

Et le journaliste, tout sourire, s'éloignait rapidement à la recherche de nouvelles proies.

Madame De la Bisbille, quant à elle, possédait de longues années d'expérience en journalisme, métier qu'elle exerçait d'ailleurs avec une poigne de fer. Elle était fort redoutée pour les propos acidulés qu'elle émettait au gré de ses humeurs. Dévisageant longuement, du seuil de la porte, chacune des personnes présentes, elle cherchait le petit détail qui ferait une histoire croustillante à exploiter avec délice. C'est que madame De la Bisbille raffolait des scandales! À l'affût, elle se mit à déambuler dans la pièce, l'air suffisant et quelque peu méprisant. Soudain, monsieur Gant de Fer fit son apparition. L'œil pétillant de malice, elle l'écouta annoncer l'ouverture de la réunion...

2

Une sucrée
de bonne idée !

Les premières lueurs de l'aube
pointaient à l'horizon, enflammant au
passage les feuilles des arbres qui avaient
revêtu leurs plus beaux atours. Monsieur
Patente Binouche dormait profondément.
Bien au chaud dans son lit douillet, il
ronflait bruyamment.

La nuit précédente, son cerveau en
ébullition l'avait empêché de trouver le
sommeil. C'est qu'un élan d'inspiration
avait émoustillé son imagination. Le tout

avait été déclenché par une petite fringale bien innocente. Après avoir fureté çà et là en quête d'une collation pour calmer les récriminations de son bedon, monsieur Patente Binouche avait mis la main dans la jarre à biscuits, y convoitant le dernier aux brisures de chocolat. C'est alors qu'un tourbillon d'idées d'inventions plus originales les unes que les autres s'était emparé de lui. Comme ce serait amusant pour les enfants de s'envoler à bord d'une montgolfière dont la nacelle serait attachée à un biscuit géant, ou d'escalader des tours de biscuits aux brisures de chocolat! Monsieur Patente Binouche resta debout des heures durant, tellement il était enthousiasmé.

Bref, en ce beau matin, un soleil radieux l'invitait à se réveiller. Se glissant au travers des rideaux, un petit rayon lui taquinait nonchalamment les paupières. Le vieil homme, malgré sa fatigue, était heureux que le jour se soit levé. Il avait bien hâte de se mettre à l'ouvrage et de fabriquer toutes les merveilles qu'il avait imaginées. Il cligna deux fois des yeux, se trémoussa les orteils, émit quelques gigantesques bâillements et entreprit de s'étirer.

— Saperlipopette! s'exclama-t-il, surpris.

Monsieur Patente Binouche, tout entortillé, se trouvait momifié dans son édredon. À force de gigoter, pendant la nuit, il s'y était embobiné! On ne voyait plus que sa tête et ses pieds, le reste étant bien ficelé.

— À l'aide! Au secours! Il y a quelqu'un? Je suis saucissonné! s'époumonait le malheureux.

Mais il se rappela qu'il était seul. Sa tendre épouse, madame Patente Binouche, partie rendre visite à leur benjamin, ne reviendrait que le surlendemain.

— Que vais-je faire? Au secours! se lamentait-il, lorsque l'idée lui vint d'essayer de rouler sur lui-même et de voir où cela le conduirait.

Après avoir pris une grande respiration, il se balança vaillamment d'un côté puis de l'autre. Il roula tant et si bien qu'il se retrouva tête première en bas de son lit, délivré de son cocon.

Notre cascadeur s'aperçut alors que sa main se trouvait toujours dans la jarre à biscuits. La veille, il l'y aurait semblait-il oubliée, trop obnubilé par ses nouvelles idées. C'est donc en souriant que l'inventeur dégusta, en guise de petit déjeuner, le fameux biscuit, qui avait passablement ramolli.

Au même moment, à quelques rues de là, un rassemblement se formait devant la mairie. La foule chahuteuse tentait par tous les moyens de pénétrer dans le bâtiment. Monsieur De la Loi, vêtu de son tout nouvel uniforme bleu qu'il avait enfilé à la vitesse de l'éclair, peinait à en interdire l'accès. Rouge de colère de s'être fait tirer du lit si tôt, il s'adressait aux villageois en gesticulant.

— Je vous ordonne de rester où vous êtes. Reculez ou je vous arrête et vous mets au cachot... Euh, non, dans les oubliettes... En tout cas, je vous donnerai des tas de contraventions ! Un pas de plus et je siffle ! criait le malheureux policier en trépignant sur place, son sifflet à la main.

Un peu en retrait, Germaine Crisette fulminait en observant la scène.

— Ces journalistes sont tombés sur la tête ! Écrire de telles inepties sur mon demi-frère, leur propre maire ! Je leur en ferai voir de toutes les couleurs à ces malotrus, ces langues de vipères, ces scélérats ! tempêtait-elle, furieuse. On devrait traîner ces fripons devant les tribunaux !

Monsieur Visse-Tout, habitué aux humeurs de sa dulcinée, lui prit gentiment la main, ce qui eut pour effet de la tempérer un peu.

Monsieur Lespérance, qui les accompagnait, observait pensivement l'attroupement qui grossissait à vue d'œil. Certains brandissaient des bannières ou des pancartes sur lesquelles on pouvait par exemple lire « Monsieur le maire, sortez de votre tanière ! » ou encore « Monsieur Gant de Fer, que comptez-vous faire ? »

— C'est tout de même assez déroutant, murmura le médecin. Je pense que nous devrions aller chercher du renfort pour découvrir le fin mot de cette histoire.

D'un commun accord, le bon docteur Lespérance, Germaine et monsieur

Visse-Tout se dirigèrent d'un pas vif vers la maisonnette de leur ami monsieur Patente Binouche.

Après avoir vainement tambouriné sur la porte, fait sonner le carillon et appelé de vive voix leur camarade, ils décidèrent de s'introduire chez lui sans plus de cérémonie. Ils le trouvèrent vêtu de son pyjama rayé, assis sur la table de cuisine, les doigts beurrés de chocolat et la tête de nouveau bien perchée dans les nuages.

3

Monsieur Gant de Fer fait les manchettes

Le docteur se tenait debout devant la fenêtre, perdu dans ses pensées. Monsieur Visse-Tout, quant à lui, soupirait tout en jetant des regards furtifs à sa douce moitié, qui s'impatientait de plus en plus. C'est que monsieur Patente Binouche, malgré tous ses efforts, éprouvait beaucoup de difficulté à réprimer le puissant fou rire qui le démangeait. Les

lèvres frémissantes, les épaules sau-
tantes et les sourcils hérissés, il émettait
d'étranges petits couinements.

— Hi hi hi hi hi hi hi! Ah ah ah!
Hum! Je suis désolé, c'est que… Couic!
couic! Hou! hou! hou!…

Devant lui étaient étalés les trois
quotidiens de Patati-Patata, que ses amis
avaient cueillis sur le pas de sa porte. On
pouvait y lire en grosses lettres des titres
tous plus abracadabrants les uns que les
autres.

La VOIX de la Raison

Au cœur de l'information régionale

**Serions-nous à la veille
d'une attaque intergalactique?**

Monsieur Gant de Fer
enlevé par des extraterrestres!

Soudoyé par des extra-
terrestres, monsieur
Gant de Fer laisse vacant son poste à la
mairie. La suite en page A3.

Par monsieur Du Potin

— Des extraterrestres… Hi! hi! hi! s'esclaffait monsieur Patente Binouche.

Et Germaine Crisette s'impatientait de plus belle.

— Heu…, se risqua monsieur Visse-Tout, qui souhaitait apaiser la situation, peut-être devrions-nous trouver où se terre monsieur Gant de Fer pour tirer cette histoire au clair? Hum, voyons… Quelqu'un aurait-il une idée de l'endroit où nous pourrions commencer nos recherches?

Un long silence suivit ces propos. En fait, monsieur Gant de Fer semblait avoir disparu du village de Patati-Patata. Depuis son discours de la veille et une brève déclaration effectuée en matinée par voie télévisée, nulle trace du maire. Il n'était ni chez lui ni à la mairie et, visiblement, il ne s'était pas réfugié chez monsieur Patente Binouche.

— Il ne m'a jamais mentionné qu'il souhaitait prendre du repos avant de s'attaquer à de nouveaux défis, soupira Germaine, attristée que son demi-frère n'ait pas daigné lui dévoiler ses intentions.

— Il ne m'a rien dit non plus, affirma monsieur Lespérance. J'ai d'ailleurs appris son départ comme vous, en regardant le téléjournal ce matin. Hier soir, il aurait remis sa démission sans plus d'explications. Ses conseillers en seraient encore tout retournés!

— Je me demande bien de quels défis parlait Mortimer... Qu'en dites-vous, monsieur Patente Binouche? s'enquit monsieur Visse-Tout.

L'inventeur était fort occupé à se gratter le dos et l'arrière des oreilles à l'aide d'un brise-glace jaune fluo au bout duquel pendait un dentier. Germaine le fixait d'un regard qui ne présageait rien de bon et allait très certainement exploser quand, tout à coup, le vieil homme se leva et s'écria:

— Mais oui! C'est évident! Pourquoi n'y ai-je pas pensé avant? Ah! Mortimer! ce bougre de coquin!

Et il éclata de rire, se mettant à sautiller de plaisir à travers la pièce. Au passage, il attrapa son coupe-vent et, l'œil pétillant, ouvrit bien grand la porte menant à son jardin.

— Allez! Ne restez pas là les bras ballants! s'exclama monsieur Patente Binouche en se dirigeant vers un sentier sinueux qu'il emprunta en bondissant.

Ses amis, intrigués comme toujours par le caractère fantasque du vieil homme, hésitèrent quelques instants, légèrement inquiets. Puis, résignés, ils optèrent pour le suivre à la queue leu leu. C'est que, connaissant bien monsieur Patente Binouche, ils savaient que rien n'était jamais vraiment simple avec lui. Il avait un talent fou pour commettre des maladresses. De nature assez étourdie, leur ami se mettait les pieds dans les plats deux fois plutôt qu'une, et ce, dans la même journée. La majeure partie du temps, ils l'aidaient du mieux qu'ils le pouvaient à se sortir de ses joyeux pétrins et finissaient par en rire. Mais très souvent aussi, eux-mêmes s'y trouvaient mêlés et entremêlés...

À l'extrémité du village de Patati-Patata, de l'autre côté d'une forêt de peupliers, se cachait une magnifique clairière aux reflets dorés. Un ruisselet clair et limpide y serpentait à longueur d'année. Quelques maisonnettes aux pignons colorés s'y dressaient joliment çà et là, comme éparpillées par le vent.

Monsieur Patente Binouche gambadait sur le sentier en sifflotant gaiement.

Il s'émerveillait devant chaque arbre maigrichon, caillou étrange ou bosquet épineux. De temps à autre, il suspendait même son élan pour observer d'un œil attendri un nid de fourmis, un champignon rabougri ou une chenille endormie.

— Quelle splendeur ! s'exclamait-il inlassablement.

Ses compagnons l'observaient, tout à fait sidérés, lorsque soudain il se jeta par terre à la lisière du bois. Il culbuta et rampa jusqu'à un amoncellement de feuilles sous lequel il se tapit silencieusement. On ne lui voyait plus que le bout du nez qui, chatouillé par quelques brindilles taquines, se trémoussait allègrement. Il fit de grands signes à ses amis pour qu'ils viennent se camoufler à leur tour. Le trio quitta donc le sentier et s'exécuta lentement, non sans se demander à quoi toutes ces simagrées pouvaient bien rimer.

Au prix de moult efforts, de quelques éraflures et d'une mise en plis complètement anéantie, Germaine le rejoignit la première en maugréant.

— Monsieur Patente Binouche, j'espère que vous savez ce que vous faites, parce que j'en ai plus qu'assez de tous

vos mystères, siffla-t-elle, les traits tirés.
Ma pression commence dangereusement
à monter. Si...

Elle fut interrompue par messieurs
Visse-Tout et Lespérance qui, prenant
place près d'eux, s'étonnèrent en même
temps :

— Ça par exemple !

Complètement méconnaissable,
Mortimer Gant de Fer apparut au loin,
au travers des fougères.

4

Un secret
bien gardé

Coiffé d'une toque blanche et d'un tablier assorti, monsieur Gant de Fer empilait d'immenses sacs de farine, de sucre blanc et d'autres ingrédients sur la galerie d'une coquette maisonnette rouge. De temps en temps, il jetait un coup d'œil soupçonneux aux alentours, puis, rassuré, il continuait son travail. Lorsqu'il eut terminé, il entra dans la chaumière, non sans avoir, au préalable, lancé une dernière fois un regard inquiet sur les environs.

— Quelqu'un pourrait-il m'expliquer ce qui se passe? murmura Germaine, à présent courbaturée.

Au même moment, une odeur délicieuse vint caresser subtilement leurs narines. Des arômes de chocolat fin, de vanille française et de caramel onctueux les enrobaient de tous côtés.

En moins de temps qu'il n'en faut pour le dire, monsieur Patente Binouche, le nez retroussé, les yeux gourmands, la langue sortie, se précipita vers la demeure. Ses amis, trop heureux d'enfin pouvoir se dégourdir, le suivirent de près.

En ouvrant la porte, ils se retrouvèrent face à face avec Mortimer. Surpris, le pauvre homme échappa sur son gros orteil le rouleau à pâte de marbre qu'il manipulait.

— Ah! hurla-t-il de douleur tout en claudiquant sur l'autre pied.

Ce tintamarre fit surgir d'une pièce voisine une dame élégante tout de blanc vêtue qui accourait, certaine qu'une catastrophe venait de se produire.

— Bien le bonjour, madame Popote, l'interpella avec galanterie monsieur

Patente Binouche en esquissant quelques courbettes. Seriez-vous en train de mijoter une de vos délicieuses crèmes caramel que j'ai déjà eu le plaisir de déguster l'autre jour en compagnie de Mor...

— Tante Popote! Mais que faites-vous à Patati-Patata? l'interrompit Germaine en apercevant la dame. Depuis quand êtes-vous arrivée? Mortimer ne m'a pas avertie de votre venue... Qu'est-ce que cela veut dire? s'emporta Germaine, qui se sentait laissée de côté.

— Allons, allons Germaine, ne t'en fais pas comme ça! dit gaiement tante Popote, s'approchant d'elle et la serrant dans ses bras. Allez, prenez place, je vous prépare une bonne tasse de thé et quelques petits sablés. Nous pourrons ensuite mieux discuter.

Et madame Popote s'éclipsa d'un pas léger.

Monsieur Gant de Fer toussota, s'agita sur sa chaise, sourit timidement puis, sans doute pour se redonner une contenance, se concentra à boire son thé à petites gorgées en fixant ses pieds.

— J'imagine que je devrais vous expliquer un petit peu…, soupira-t-il doucement en évitant le regard de ses amis. Alors, mieux vaut commencer par le début.

Et monsieur Gant de Fer ouvrit bien grand son cœur.

— Depuis quelque temps déjà, mon rôle de maire me pesait lourdement sur les épaules. Je n'éprouvais plus de plaisir à jongler avec les chiffres. Les réunions m'endormaient. Les décisions à prendre m'embêtaient. Les projets, qui auparavant me stimulaient, m'ennuyaient terriblement. Je me suis même surpris à éplucher les petites annonces des journaux de la région, dans l'espoir de dénicher une offre d'emploi qui m'intéresserait. Mais je n'ai rien trouvé. Coiffeur de moutons, éleveur de pucerons, gonfleur de ballons, rien ne me ressemblait vraiment.

— Tu aurais pu m'en parler ! J'aurais certainement trouvé, moi, dit Germaine sur un ton irrité.

— Laissons-le continuer, proposa gentiment monsieur Lespérance.

— J'étais découragé, reprit monsieur Gant de Fer. Je me traînais les pieds un peu plus chaque jour pour aller travailler lorsque j'ai reçu une lettre de ma tante préférée, madame Popote. Elle me confiait qu'après avoir passé une grande partie de sa vie à voyager de par le monde, le moment était venu pour elle de devenir plus sédentaire. Elle souhaitait déménager aux abords de Patati-Patata. Les descriptions chaleureuses que je lui avais esquissées de notre village l'avaient charmée. Elle désirait donc s'installer ici et établir une confiserie.

— Comme vous le savez, mon fils a acheté une fermette à l'extérieur du pays. Sa maison était un peu laissée à l'abandon depuis son départ, expliqua monsieur Patente Binouche. Mortimer le savait. Alors, quand madame Popote est arrivée, il m'a proposé de la lui prêter. Depuis, elle habite la maison de mon fiston et en prend bien soin.

— Bon! D'accord, mais cela n'explique pas pourquoi tu portes cet accoutrement, Mortimer, s'impatienta Germaine.

— J'ai toujours eu la dent sucrée, révéla timidement monsieur Gant de Fer. Je raffole des friandises, des pâtisseries et des beignets. Tu te rappelles, Germaine, quand nous étions petits, tante Popote nous confectionnait toujours de merveilleuses confiseries. Lorsqu'elle venait nous rendre visite, elle les apportait dans de belles boîtes enrubannées. C'était des moments magiques! Dernièrement, alors que je regardais pour la centième fois les offres d'emploi, j'ai eu un éclair de génie. Une belle opportunité se présentait à moi. Je devais la saisir! C'est à ce moment que j'ai communiqué avec tante Popote pour lui proposer de devenir son assistant.

— Ce que je me suis empressée d'accepter! s'exclama énergiquement la bonne madame Popote.

5

Une disparition troublante

Quelques jours plus tard, les villageois, toujours aussi secoués par la démission de leur maire, tentaient tant bien que mal de retourner à leur vie normale. Un sentiment d'insécurité planait sur le village.

Madame Alzimer, ébranlée, vaquait à ses occupations. Le cœur lourd, elle s'inquiétait de l'avenir de Patati-Patata.

— Qu'allons-nous devenir? Qui prendra soin de nous? C'est terrible! s'agitait la vieille dame.

Armée de son plumeau multicolore, elle faisait fébrilement la chasse aux délicates particules poussiéreuses qui s'étaient aventurées chez elle. Dans l'espoir de se remonter un peu le moral, elle avait revêtu sa jolie robe rouge, tressé ses cheveux argentés, enfilé son tablier fleuri et ses souliers vernis. Elle s'affairait tristement, saluant au passage Viola, sa douce violette africaine, et Coralie, sa précieuse orchidée.

— Mes douces amies, je ne vous ferai pas la conversation, aujourd'hui. J'ai trop de chagrin.

Comble de malheur, devant le bocal de ses chers poissons rouges, elle s'aperçut avec émoi qu'ils ne s'y trouvaient plus.

— Mes pauvres chéris ont disparu! À moins qu'eux aussi n'aient décidé de déserter, de m'abandonner! Misère de misère!

Que faire dans une pareille situation? Madame Alzimer, qui commençait à s'affoler, songea bien appeler à son secours les pompiers, les ambulanciers, ou même le cordonnier, mais se ravisa à la dernière minute. Et si c'était un enlèvement et qu'on lui demandait une rançon ? Ou encore, une fugue orchestrée par ses poissons adorés ?

— Ah là là ! soupira-t-elle, en proie à de vilaines émotions.

Puis, reprenant son calme, elle décida que pour le moment, le mieux était de ne pas paniquer, de se retrousser les manches et de commencer par fouiller les environs. Son enquête minutieuse la mena sous les sofas, où elle éternua un nombre incalculable de fois. Elle inspecta aussi en vain le pot de sucre et en profita pour déguster quelques petits cubes. Nulle trace de ses poissons. Elle passa ensuite au peigne fin son chiffonnier, qu'elle trouva bien en désordre. Finalement, elle chercha au creux de son énorme baignoire sur pattes. Elle y découvrit, à son grand soulagement, ses compagnons qui pataugeaient, rouges de plaisir, libres et insouciants. Madame Alzimer se souvint alors qu'elle les y avait placés la veille, pour qu'ils se dégourdissent un peu les nageoires.

Après leur avoir fait la bise, madame Alzimer, tout à fait rassurée sur leur état de santé, voulut se remettre à la tâche sans plus attendre. Mais voilà que le

plumeau avait pris ses jambes à son cou.

— Voyons, où ai-je bien pu déposer mon plumeau? s'interrogeait la pauvre, légèrement découragée.

Ne le trouvant nulle part, elle n'eut d'autre choix que de recommencer ses recherches, de la cave au grenier, en pestant toutefois un peu plus qu'auparavant. Elle regarda partout, de la corbeille à papier au saladier, sans jamais le dénicher. Ce n'est que beaucoup plus tard, et tout à fait par hasard, qu'elle le trouva bien au chaud dans la manche de son manteau.

— Comment a-t-il pu se retrouver ici? Quelle drôle de journée! s'exclama la vieille dame en haussant les épaules. Décidément, je n'y comprends rien de rien.

Quelque peu déconcertée par la tournure de son avant-midi et un tantinet essoufflée, madame Alzimer ne se souvenait plus du tout où elle devait reprendre son époussetage. Elle en était à se questionner lorsqu'un mouvement perçu au travers des volets entrouverts de sa cuisinette vint capter son attention. Il y avait de l'agitation chez monsieur

Patente Binouche, son voisin immédiat. Intriguée, la dame délaissa plumeau et tablier pour s'y rendre sur-le-champ.

— Comme elle est mignonne! s'écria une rouquine bien coquine au nez rousselé. Est-ce que je peux la caresser?

— Co... co... comment s'a... s'a... s'appelle-t-elle, mon... monsieur Pa... Patente Binouche? bégaya un garçonnet frisotté et tout excité.

— Est-ce que je peux l'amener chez moi? Pourrait-elle dormir dans mon lit? s'enquit une jolie brunette dont les grands yeux bleus papillonnaient de plaisir.

— Je ne suis pas certain que ta maman apprécierait cette idée! Mais, tu sais, tu pourras venir la voir aussi souvent que tu le souhaites, offrit gentiment le vieil homme.

Assailli de tous côtés par les enfants du village, monsieur Patente Binouche était visiblement très heureux. Comme tous les samedis midi, ils étaient venus lui rendre visite pour bavarder avec lui et découvrir ce que l'inventeur avait bricolé pour les amuser.

Il y a quelque temps, monsieur Patente Binouche, qui était rarement à court d'idées, s'était penché sur une corvée qu'il détestait, car elle minait sa créativité. Arracher les mauvaises herbes de son jardin lui répugnait parce qu'il perdait alors un temps précieux qu'il ne pouvait utiliser pour réaliser ses inventions extravagantes. D'un autre côté, il ne voulait pas recevoir de contravention de la part de monsieur De la Loi, qui prenait très à cœur le règlement municipal stipulant que toutes les mauvaises herbes devaient être enlevées. Alors, après mûre réflexion, le vieil homme en était arrivé à une solution très écologique : Jasmine, une jolie chèvre nubienne aux longues oreilles. Un de ses fils, son benjamin, faisait l'élevage de ces chèvres bien particulières. Il utilisait le lait de chèvre pour fabriquer des savons qui sentaient bon ou le faisait fermenter pour produire des fromages savoureux. Lors de sa dernière visite chez lui, madame Patente Binouche, qui s'était laissée convaincre par son mari que c'était une idée formidable, avait ramené Jasmine. Monsieur Patente Binouche croyait fermement que Jasmine dévorerait toutes les mauvaises herbes entourant la maison.

Madame Alzimer eut donc la surprise de sa vie en mettant les pieds chez son voisin. Jasmine trottina vers elle et l'accueillit en la renversant sur son séant. La chèvre suscita l'hilarité générale lorsqu'elle lécha le bout du nez de la pauvre dame, simplement venue écornifler.

— Laissez-moi vous aider à vous relever, proposa aimablement monsieur Patente Binouche. Je crains que Jasmine n'ait pas appris les bonnes manières...

Le restant de l'après-midi se déroula dans le rire et la gaieté, autour de la petite chèvre africaine qui, sans gêne, piétinait et grignotait tout sur son passage. La partie de plaisir prit fin au moment où monsieur Lespérance, tout essoufflé et en sueur, fit irruption dans la cour de l'inventeur en s'écriant :

— Des élections ! Il y aura des élections ! Nous aurons un nouveau maire !

6

Jasmine fait
des siennes

— **V**ous êtes certain que vous ne voulez pas goûter à mes délicieux beignets à la réglisse noire? demanda monsieur Gant de Fer.

— Sans façon! Je dois avouer que je suis assez surpris de l'excentricité des quelques pâtisseries que j'ai déjà avalées, grimaça monsieur Patente Binouche en apercevant lesdits beignets ratatinés. Je pense que mon estomac ne s'en remettrait pas.

L'infortuné Mortimer éprouvait beaucoup plus de difficulté qu'il ne l'aurait imaginé à apprivoiser le métier de pâtissier. Tout ce qu'il concoctait se révélait soit affreusement laid, soit épouvantablement mauvais. Il avait dû utiliser scie et marteau pour couper un morceau de son dernier gâteau au beurre de cacahuètes. Sans compter que sa demi-sœur Germaine avait bien failli se casser une dent en croquant un de ses biscuits fondants au chocolat blanc. Bref, plus personne ne voulait se risquer à grignoter la moindre bouchée cuisinée par l'apprenti pâtissier. Quelques articles avaient même paru à ce sujet dans les quotidiens de Patati-Patata.

Monsieur Du Potin avait écrit dans *La Voix de la Raison* qu'un complot astronomique pour empoisonner les villageois avait été orchestré par une entité galactique dont il devait taire l'identité.

Monsieur De la Fouine, quant à lui, après avoir mal digéré un carré aux dattes de monsieur Gant de Fer, avait été hospitalisé. Le journaliste affirmait que l'ancien maire était un réel danger pour la société, et qu'il devrait se recycler en jardinier.

Mais Mortimer se moquait bien des racontars et persévérait à cuisiner, contre vents et marées.

L'ancien maire et monsieur Patente Binouche en étaient à discuter ingrédients et quantité lorsque la porte de la confiserie s'ouvrit avec fracas. Madame De la Bisbille entra, l'œil pétillant, affichant un air qui n'augurait rien de bon.

— Bien le bonjour, messieurs. Tiens, tiens, à ce que je vois, un autre raté à votre actif, cher monsieur Gant de Fer, susurra-t-elle en posant le regard sur les ridicules beignets. Je ne vous apprends rien, continua-t-elle, un sourire rusé éclairant son visage, si je vous dis que la campagne électorale débutera la semaine prochaine. Mais saviez-vous que madame Pincée sera candidate ? Dites-moi, qu'en pensez-vous ? Quels sont vos commentaires ? Et vous, monsieur Patente Binouche, quelles sont vos intentions ? Certaines sources m'ont dit que vous jongleriez avec l'idée de vous présenter…

Et la dame, satisfaite de l'effet qu'elle avait produit, observa intensément les

deux comparses. Elle constata leur éton-
nement, puis s'éclipsa aussi rapidement
qu'elle était venue…

— Heu! bredouilla monsieur Patente
Binouche en se ressaisissant lentement.
Ça n'a aucun sens. C'est une rumeur
tout à fait absurde! Moi, maire de Patati-
Patata…

— Sans vouloir vous offenser, mon
bon ami, c'est en effet… hum… plutôt
comique, dit monsieur Gant de Fer en
tentant de garder son sérieux.

Les deux hommes échangèrent un
regard et se mirent à rire, sans plus
pouvoir s'arrêter.

Le lendemain matin, une horde d'enfants attendaient patiemment sur le seuil de la maison de l'inventeur. Intrigué de les voir ainsi rassemblés, monsieur Patente Binouche alla à leur rencontre, après s'être habillé rapidement. Quand il mit le nez dehors, il aperçut Jasmine qui déterrait et dégustait tranquillement les bulbes de fleurs que sa tendre épouse avait soigneusement mis en terre la veille. S'ensuivit une poursuite échevelée où la chèvre aux longues oreilles, agile comme une gazelle, en fit voir de toutes les couleurs aux malheureux qui étaient à ses trousses. Le tout se termina dans une mêlée générale. Petits et grands, épuisés et vaincus, s'écroulèrent en même temps sur le sol. La chèvre, la tête haute, en profita pour gambader triomphalement jusqu'à son enclos, d'où elle leur tourna le dos.

C'est à ce moment-là qu'un des enfants s'approcha de monsieur Patente Binouche, et lui demanda gentiment:

— Monsieur Patente Binouche, est-ce vrai que vous souhaitez devenir maire? C'est ce qui est écrit dans le journal que lit mon père.

— Euh…, bredouilla le vieil homme, encore tout essoufflé, mais quand même persuadé que jamais une idée aussi saugrenue ne lui avait traversé l'esprit.

— En tout cas, nous, les enfants de Patati-Patata, nous trouvons que ce serait merveilleux, extraordinaire, épous-touflant! C'est pour ça que nous avons décidé de vous appuyer et de vous aider à organiser votre campagne électorale! s'écria énergiquement le garçonnet.

— Vive monsieur Patente Binouche! Vive notre futur maire! Hourra! s'exclamèrent alors tous les petits en tourbillonnant gaiement, formant une ronde endiablée autour du pauvre homme sidéré.

C'est ainsi que monsieur Patente Binouche, qui n'osait pas décevoir ses jeunes amis, fut élu officieusement, et à son grand désarroi, candidat numéro deux à la mairie.

7

Qui dit mieux ?

Une scène joliment décorée avait été érigée devant l'hôtel de ville. Tous les habitants de Patati-Patata avaient revêtu leurs plus beaux atours. Le grand jour était finalement arrivé. Les candidats attendaient docilement mais nerveusement sur un banc le moment où ils devraient déclamer leur discours. Tous allaient faire valoir leur personnalité et vanter les projets qui seraient mis en branle si on votait pour eux.

Monsieur De la Loi animait la cérémonie en espérant que le ciel voilé de cette journée de novembre ne leur causerait pas d'ennuis. Une pluie occasionnerait beaucoup de gâchis et ruinerait inévitablement l'événement.

— Je cède la parole à madame Pincée, notre candidate numéro un, dit-il pour tout préambule.

— Si vous votez pour moi, terminé la médiocrité à laquelle vous avez été habitués ! Nous viserons l'excellence. Fini les pertes de temps, les loisirs et cette idée farfelue qu'il faut s'amuser ! Chaque journée comportera son lot de corvées. À bas l'oisiveté ! Votez pour moi, vous ne le regretterez pas ! Les autres candidats, de toute façon, n'ont rien de bon à vous offrir. Ce ne sont que des hurluberlus ! s'écria aigrement la dame.

— Heu ! Merci, madame Pincée, bredouilla le policier, un sourcil froncé. Au tour de monsieur Patente Binouche, maintenant.

— Si... si vous votez pour moi... eh bien, sourit le vieil homme, je vous promets de rester moi-même. Je récolterai et recyclerai tous les objets dont vous vous départirez et en ferai un immense terrain de jeu pour les enfants. Je transformerai toutes vos voitures en Bidules carburant au compost de bananes. Grâce à ces engins, vous pourrez toujours rêver. Et qui sait ? peut-être même toucher les étoiles ! Je ferai également une loi stipulant que chacun devra rire au moins la moitié de la journée, sous peine de se faire chatouiller les doigts de pieds. Voilà !

C'est sous l'acclamation des enfants que l'inventeur, tout souriant, reprit humblement place à l'extrémité du banc.

— Hum… Merci, monsieur Patente Binouche. Décidément… Bon ! Monsieur Vantetard, je vous prie de vous avancer au micro.

— Mesdames et messieurs, c'est certainement un privilège pour vous d'avoir la possibilité exceptionnelle de m'élire pour maire. Vous ne vous en repentirez pas, croyez-moi. Je mettrai toutes mes qualités – et elles sont innombrables – à votre service. Vous pouvez compter sur moi pour me faire valoir et pour afficher toute la prestance qu'il convient pour vous représenter. Votez pour moi, et je serai votre roi.

— Ouf..., soupira monsieur De la Loi. Merci, et vite au prochain, s'il vous plaît.

— Si je me présente comme candidat, ce n'est absolument pas parce qu'on m'y a obligé, marmonna monsieur Visse-Tout en lorgnant du côté de Germaine, assise bien droite et rose de fierté. Non, vraiment, continua-t-il en se tournant frénétiquement les moustaches, c'est parce que j'ai à cœur de rénover et de remettre sur pied chaque maison du comté. C'est tout, dit-il, excédé, en regagnant sa place, où il s'écroula lourdement.

— Eh bien, voilà qui en dit long, ricana le policier. Merci, monsieur Visse-Tout. Accueillons maintenant notre dernière candidate!

Comme la dame demeurait immobile, monsieur De la Loi haussa un peu le ton.

— Madame De la Sourdine, c'est votre tour. Madaame! Madaaame! Madaaaame! s'époumonait-il lorsque celle-ci se leva enfin.

— Ah! C'est à mon tour! Il fallait le dire plus tôt! Bon, si je suis élue comme mairesse de Patati-Patata, je promets

d'être à votre écoute et de faire tout en mon pouvoir pour ne jamais vous décevoir. J'aimerais également que chaque maison ait son potager, que tous les habitants plantent des milliers de fleurs au printemps et que le compost devienne une priorité. De plus, puisque les légumes et les fruits sont meilleurs pour la santé, nous bannirons toutes les sucreries. Voilà, j'ai terminé.

Les cinq candidats furent appelés à se lever et l'ouverture de la campagne électorale fut officiellement déclarée sous quelques applaudissements isolés, mis à part dans le camp des enfants où les hourras fusaient.

Puis, la foule se dispersa rapidement, car le tonnerre grondait et le ciel s'obscurcissait. Monsieur Gant de Fer, qui avait écouté ces discours étonnants, dissimulé derrière un muret non loin de là, sortit de sa cachette, l'air songeur. Comme la plupart de ses concitoyens, il ne savait que penser de ce qu'il venait d'entendre.

Cette après-midi-là, madame Popote trouva son apprenti bien maladroit. Monsieur Gant de Fer cassa par inadvertance une douzaine d'œufs sur le plancher de la confiserie et s'ébouillanta le petit doigt. Il calcina ses tartelettes à la citrouille et échappa une tasse de sel dans son glaçage au chocolat.

8

Une image
vaut mille maux

— **M**onzieur Patente Binouche, voulez-vous bien arrêter de bouzer! tonna le photographe en le menaçant de son doigt effilé. Z'en ai azzez de vos pitreries! Ah là là... ze zuis un artizte, moi, pas un gardien de zoo! continua-t-il en se mordillant la barbiche.

Mais était-ce la faute de monsieur Patente Binouche, si chaque fois que le photographe appuyait sur le déclencheur pour le prendre en photo, son lacet se détachait ou que ses oreilles lui piquaient? Ou encore, qu'une envie irrésistible d'éternuer le prenait, ou que ses yeux louchaient? Monsieur Patente Binouche prit une grande inspiration, se plaça bien droit et esquissa ce qu'il croyait être son plus beau sourire.

— Mais qu'est-ze que z'est que zette affreuse grimaze? Ze zuis décourazé! Outré, même! Vous l'aurez voulu! Z'est zelle-là qui paraîtra zur vos affiches! Ze n'en ferai pas une de plus! Na! gronda l'artiste en lui lançant son regard le plus noir. Au zuivant!

Tous les aspirants à la mairie s'étaient déplacés au studio de monsieur Zozoté afin de se faire photographier. Il fallait bien que leur frimousse soit placardée sur chaque poteau du village! Un peu de publicité ne ferait certainement pas de tort et inciterait peut-être quelques électeurs à voter pour eux. Surtout que pour l'instant, les sondages ne leur étaient pas très favorables.

Pour l'occasion, chacun, ou presque, rivalisait d'élégance et d'originalité. Monsieur Vantetard portait veston marron à queue et chapeau melon. Madame Pincée arborait un tailleur orné d'un collet monté. Monsieur Visse-Tout semblait étouffer dans une redingote à carreaux que sa bien-aimée lui avait achetée. Et madame De la Sourdine s'était laissé tenter par une belle et voluptueuse mousseline. Quant à monsieur Patente Binouche, il avait revêtu sa salopette bleue de tous les jours parsemée de gouttelettes de peinture.

— Au zuivant, z'ai dit, au zuivant! s'irritait le photographe.

Monsieur Vantetard s'avança. Après avoir pris une pose inspirée, la tête bien haute, le sourcil froncé, le regard perçant, il offrit une esquisse de sourire figé.

— Misère de misère! On ze détend! hurla monsieur Zozoté.

Après plusieurs tentatives plus ou moins réussies, ce fut au tour de madame Pincée, qui refusa tout simplement de s'asseoir et de sourire.

— Vous me prendrez comme je suis ou pas du tout. Je ne ferai certainement pas le bouffon pour vous faire plaisir ! s'insurgea-t-elle.

— Z'est za ! Faites touz à votre tête ! Non mais quelle zournée ! Ze n'en peux plus, na ! Au zuivant, qu'on en finizze ! s'énervait de plus en plus l'artiste.

Monsieur Visse-Tout faisait la moue. Il hérissa sa belle moustache et sa chevelure en espérant que sa photo serait si ratée qu'il devrait renoncer à se présenter comme candidat.

— Ah ! Mais quelle est zette affrosité ? On dirait un chat mouillé ! Vite, au zuivant, que ze cauchemar ze termine ! Au zuivant ! Au zuivaant ! Au zuivaaant !

Madame De la Sourdine s'approcha, un tantinet irritée qu'on ose lui crier après.

— Vous n'aviez qu'à le dire gentiment que c'était à mon tour. Je ne suis pas sourde. Vous n'aviez pas besoin de hurler de la sorte !

Et l'infortuné photographe de répéter une bonne dizaine de fois sur tous les tons possibles et impossibles à madame De la Sourdine les consignes qu'il souhaitait qu'elle suive pour prendre de belles poses. Finalement, complètement découragé, il abandonna là les candidats et se sauva à toutes jambes très loin du village. Ses pauvres nerfs ayant été malmenés, il prit quelques jours de congé bien mérités.

— Ouuahhh! s'exclama monsieur Patente Binouche, les cheveux flottant au vent.

Agrippé fermement aux rebords de sa toute dernière invention – une baignoire antique à roulettes –, il dévalait comme une flèche les rues de Patati-Patata. Pour la manœuvrer, il devait utiliser une sorte de pédalier sophistiqué qui, une fois actionné, libérait une traînée de bulles multicolores. Mais le pauvre homme ne contrôlait pas bien son engin, qui n'était pas tout à fait au point. Le curieux bolide zigzaguait, rebondissait et accélérait donc au gré des virages et pentes qu'il empruntait.

— Ouuah! Au secours! Ouuah! paniquait l'inventeur, les yeux arrondis par la peur.

Les enfants du village, qui avaient eu l'idée d'organiser ce défilé peu après la séance de photographie, s'efforçaient de le suivre en courant. Ils brandissaient de belles pancartes en scandant avec cœur malgré leur essoufflement :

— Vive monsieur Patente Binouche ! Vive notre futur maire ! Hip hip hip hourra pour monsieur Patente Binouche !

Comme le bolide enragé allait s'engager dans une pente cahoteuse, le vieil homme réalisa, horrifié, que sa baignoire roulante n'avait pas de freins ! S'ensuivit une descente abracadabrante pendant laquelle le malheureux, les cheveux hérissés, faillit s'évanouir. Monsieur Patente Binouche fit un vol plané et un atterrissage forcé au sein d'une famille de canards qui pataugeaient paisiblement dans leur mare. Les oiseaux semblaient plutôt fâchés de se faire déranger par cette drôle de créature maintenant coiffée d'un bouquet de nénuphars.

— Atchou... Atchou... Atchoub ! éternua monsieur Patente Binouche en sortant péniblement de l'étang.

C'est ainsi qu'il se retrouva enrhumé et alité pour une période indéterminée. Telle était la prescription de son médecin et ami, monsieur Lespérance.

La mésaventure de monsieur Patente Binouche fit rapidement le tour du village et ne laissa personne indifférent. Ses proches, attristés, accoururent à son chevet pour l'encourager. La plupart de ses adversaires, quant à eux, se réjouissaient discrètement de cette belle opportunité de le devancer en moussant leur publicité.

Monsieur Vantetard en profita pour se promener tout l'après-midi à vélo en interpellant les passants :

— Mes chers concitoyens, votez pour moi. Je suis assurément le mieux indiqué pour vous représenter. Je suis si beau et si majestueux! J'ai le port princier, regardez...

Et il prenait des poses plus extra-vagantes les unes que les autres, tant et si bien que plus d'une fois, il faillit culbuter, chuter et recevoir du coup une leçon d'humilité.

Pendant ce temps, madame Pincée, qui s'était installée sur l'unique artère principale du village, distribuait géné-reusement, sourcils froncés, un feuillet bien peu flatteur à l'égard des autres candidats. On pouvait y lire, entre autres, que monsieur Patente Binouche était un hurluberlu et que monsieur Visse-Tout était un marsupiaux poilu qui se laissait mener par le bout du nez par vous savez qui!

Germaine Crisette avait d'ailleurs entrepris de faire du porte-à-porte en compagnie de son époux. Monsieur Visse-Tout, de fort mauvaise humeur, se traînait les pieds en boudant et en grommelant qu'il aurait préféré être au chevet de son ami monsieur Patente Binouche. Sans s'en préoccuper, Germaine faisait endurer de longs mono-logues à tous ceux qui avaient le malheur de lui ouvrir la porte.

— ... pour toutes les raisons énumérées et plus encore, c'est pour mon mari que vous devriez voter, s'acharnait-elle jusqu'à ce que son auditeur ose lui fermer la porte au nez ou lui promettre mer et monde pour s'en débarrasser.

Madame De la Sourdine dépensa quant à elle beaucoup d'énergie à contacter chaque personne inscrite dans le bottin téléphonique pour s'assurer le vote de quelques habitants. Mais les conversations prenaient d'étranges tournures.

— Vous dites que vous voulez une perruque rose?

— ...

— Quoi? Pouvez-vous répéter?

— ...

— Vous n'aimez pas la compote aux carottes?

— ...

— Votre dentier est périmé?

— ...

— Le chat fait du patin à roulettes sur la table de cuisine?

— ...

— Mais voyons, pourquoi vous impatientez-vous? Cessez de crier!

— ...

— Bien sûr que j'écoute ce que vous me dites, et patiemment, à part ça !

Et la pauvre dame, offusquée, raccrochait et composait le numéro suivant en espérant un peu plus de courtoisie.

9

Des tam-tam
plein la tête

Le lendemain matin, monsieur
Patente Binouche, toujours alité, essayait
de se reposer. Mais une migraine cara-
binée l'accablait et l'empêchait d'y arriver.
Il se sentait un peu comme si un
troupeau d'éléphants s'amusait à piétiner
son pauvre cerveau enrhumé.

— Ouille, ouille, ouille ! se plaignait-
il en serrant les dents.

Madame Patente Binouche s'occupait
tendrement de son mari. Pour le soula-
ger, elle lui fit ingurgiter un médicament

à base de racines redoutablement efficace, mais dont le goût était épouvantablement mauvais. Le malheureux tenta bien de s'esquiver en se cachant sous son oreiller, mais dut finalement capituler. Il avala le curieux liquide en grimaçant, en gesticulant et en crachotant. La potion fit rapidement effet, et le vieil homme allait s'assoupir lorsque la porte de sa chambre s'ouvrit dans un effroyable fracas.

— Monsieur Patente Binouche! Ça ne peut plus continuer! J'en ai assez! Par amitié pour vous, je passerai l'éponge cette fois-ci, mais la prochaine fois, croyez-moi, ce sera les fers, la prison, le donjon s'il le faut! hurla monsieur De la Loi, le visage empourpré et la tenue désordonnée.

Le brave policier était accompagné de Jasmine, qui mâchonnait tranquillement un pan de son pantalon.

C'est que la chèvre, devenue célèbre pour ses évasions, s'était de nouveau enfuie de son enclos. Elle avait décidé qu'une promenade de santé s'imposait. Piétinant et grignotant tout ce qu'elle croisait sur son chemin, elle avait engouffré les affiches électorales de monsieur Vantetard et de madame Pincée. Pour terminer, elle était allée se dandiner en plein milieu de la rue principale, causant toute une commotion sur son passage. Monsieur De la Loi s'était évertué à la capturer, mais la chèvre avait le pas si léger que cela s'était avéré une épopée plutôt compliquée !

— Je vous promets de trouver une solution, articula péniblement monsieur Patente Binouche, qui avait maintenant des tam-tam plein la tête.

Sur ce, monsieur De la Loi tourna les talons, non sans avoir au préalable lancé un regard furieux à la bête, qui arracha en souvenir un autre morceau de son pantalon en lambeaux.

— Petit monstre! gronda le policier en claquant la porte. Un si bel habit! On se retrouvera!

Au même moment, Jasmine retroussa les babines et sourit de toutes ses dents.

— Psitt... psitt... Monsieur Patente Binouche... psitt... psitt... PSITT!

Le vieil homme souleva péniblement une paupière, puis l'autre, pour finalement entrevoir monsieur Visse-Tout qui sautillait impatiemment à ses côtés.

— Hum! rumina faiblement l'endormi en tirant poliment son édredon par-dessus sa tête pour retourner dans les bras de Morphée.

Après quelques vains efforts, il s'aperçut que Jasmine avait profité de son sommeil pour grimper sur son lit et s'étendre de tout son long à ses pieds.

— Pfut! souffla-t-il, mécontent.

— Monsieur Patente Binouche, je n'en peux plus. Je me suis enfui. Pour tout dire, j'ai fait semblant d'aller chercher un marteau dans mon atelier et je me suis sauvé. Imaginez! Je ne sais plus quoi faire. Je ne veux pas être maire! Je ne l'ai jamais voulu, mais Germaine ne veut rien entendre. Ah là là! Pauvre de moi! Aidez-moi, je vous en supplie, termina-t-il en se tordant frénétiquement les moustaches.

Au même moment, des pas résonnèrent dans l'escalier menant à la chambre. Terrorisé, monsieur Visse-Tout craignait qu'ils n'annoncent l'arrivée de sa dulcinée. C'est en sourcillant nerveusement qu'il contemplait la poignée de porte.

— Bonjour, mon vieil ami. Comment vous sentez-vous aujourd'hui? C'est une si magnifique journée d'automne! Que la vie est belle! Ah! À ce que je vois, vous avez de la visite. Ma chère sœur vous a laissé un peu de répit? sourit monsieur Gant de Fer en voyant monsieur Visse-Tout caché derrière un pot de fleurs. C'est très bien. Devinez, monsieur Patente

Binouche, ce que je vous apporte pour vous réconforter, reprit-il en remettant au malade un beau paquet enrubanné. Je l'ai fait spécialement pour vous. C'est ma toute nouvelle recette de caramel écossais onctueux, moelleux et, j'en suis certain, tout à fait délicieux! Attendez, je vous aide à le déballer et je vous en coupe un petit morceau. Je l'ai confectionné à base d'ingrédients entièrement biologiques. J'en suis très fier. Vous en prendrez vous aussi, monsieur Visse-Tout, n'est-ce pas?

Mais l'homme à tout faire de Patati-Patata préférait encore affronter Germaine que d'expérimenter les talents culinaires de son beau-frère. Il profita donc d'un moment d'inattention pour s'esquiver sur la pointe des pieds, fort envié par monsieur Patente Binouche, cloué au lit.

L'inventeur fit semblant de s'être rendormi et se mit à ronfler bruyamment en espérant que monsieur Gant de Fer se découragerait, mais cela ne fonctionna pas du tout.

— Rrron.. Rrron... Rrron... RRRON! s'impatientait le malade.

Mais monsieur Gant de Fer, concentré à l'extrême, ne l'entendait pas. Il tentait par tous les moyens de couper son caramel.

— Ne vous inquiétez pas, ce ne sera pas long… Votre morceau sera prêt très bientôt, le rassurait l'ancien maire.

Comble de malchance, le caramel, qui semblait élastique, résistait à ses efforts. La friandise s'obstinait à s'étirer plutôt que de se laisser sectionner.

Monsieur Gant de Fer avait beau tirer de toutes ses forces à l'aide de ses deux mains, de ses deux pieds, et même de ses trente-deux dents, rien à faire ! Il tira tant et si bien qu'il finit par se retrouver tout enroulé, tout caramélisé.

— Humph… À l'aide, monsieur Patente Binouche ! Humph… Au secours ! s'écria l'apprenti pâtissier.

— Rrron… rrron… rrron, ronfla l'inventeur, un petit sourire en coin.

10

La grande demande

Ce matin-là, monsieur Gant de Fer
était préoccupé. Il gravissait le sentier
menant à la confiserie en marmonnant.
C'est que la campagne électorale touchait
à sa fin et qu'un vent de mécontente-
ment soufflait sur le village. Aucun des
candidats ne faisait l'unanimité et cela
donnait lieu à d'énormes disputes. Certains villageois préféraient monsieur
Patente Binouche, d'autres madame
Pincée, d'autres monsieur Visse-Tout.
Chacun voulait imposer sa préférence.
Alors, la querelle éclatait, entre voisins

ou amis, qui finissaient par se bouder et ne plus se parler.

— Ça n'a aucun sens, mes villageois qui se disputent comme ça! Eux qui sont si gentils et si prévenants, d'habitude..., se désolait monsieur Gant de Fer. Tout le monde a l'air fâché! Comment cette histoire va-t-elle finir? Ah là là! Je sais bien que je devrais cesser de m'en faire... Je ne suis plus le maire, après tout! Bientôt, quelqu'un d'autre prendra soin de mes chers villageois... Et toi, Jasmine?... Approche, allez! Viens ici et dis-moi ce que tu en penses...

La chèvre, qui suivait Mortimer depuis un moment déjà, sortit de derrière un buisson et vint cabrioler à ses côtés. Elle mordillait nonchalamment ce qui ressemblait à un couvre-chef.

— Vilaine, tu t'es encore une fois évadée de ton enclos! Monsieur Patente Binouche ne sera pas content! Ah là là! Mais, est-ce que c'est son chapeau que tu manges, coquine?

Pour toute réponse, la chèvre cabriola de plus belle et disparut au détour du sentier. Le pauvre homme continua donc seul son chemin. C'est alors qu'une voix forte l'interpella et le fit sursauter.

— Monsieur Gant de Fer! s'époumonait monsieur De la Loi. Monsieur Gant de Fer, vous voilà enfin! Nous voulons vous parler! C'est une urgence nationale!

Mortimer aperçut alors le gigantesque rassemblement de villageois mobilisés devant la maison de madame Popote. Celle-ci, d'ailleurs tout sourire, circulait parmi les lève-tôt, leur offrant café, thé, tisane et chocolat chaud pour les réconforter en cette fraîche matinée.

— Mais que se passe-t-il ? Que... que faites-vous tous ici ? articula péniblement monsieur Gant de Fer.

— Nous n'en pouvons plus de cette campagne électorale ! Madame Pincée veut établir une loi m'obligeant à ne tenir dans mon épicerie que son fromage préféré. Elle affirme que les autres sont quelconques, et qu'il ne sert à rien de les consommer. Imaginez, terminé les double crème, les petits bleus et les gruyères ! C'est une véritable calamité ! s'exclama monsieur Dubedon, l'épicier, qui avait souvent des démêlés avec madame Pincée.

— De mon côté, il me semble que j'ai promis de voter pour... Pour qui, déjà ? Hum ! Comme c'est étrange, je ne m'en souviens plus..., murmura madame Alzimer.

— En ce qui me concerne, madame De la Sourdine m'a tenu au téléphone trois heures quarante-cinq minutes et trente-deux secondes, hier après-midi. Ça m'a pris tout ce temps pour lui faire comprendre qu'elle m'avait déjà téléphoné deux fois auparavant, dit monsieur Lespérance.

— Eh bien moi, j'ai dû promettre à Germaine Crisette que je réfléchirais sérieusement à l'idée de voter pour monsieur Visse-Tout pour qu'elle me laisse enfin rentrer chez moi. Son monologue était si interminable que j'en ai manqué ma réunion hebdomadaire d'horticulture, marmonna monsieur De la Loi. Ah oui, chuchota le policier, un peu gêné, vous n'auriez pas rencontré cette chèvre insupportable en chemin ? Elle m'a suivi jusqu'ici et me faisait de drôles de grimaces un peu inquiétantes... Puis, elle s'est cabrée et m'a volé mon chapeau avec ses grandes dents ! Imaginez ! Monsieur Patente Binouche en entendra parler, croyez-moi !

Le maire n'eut pas le temps de répondre, car monsieur Du Potin s'exclamait à son tour :

— Moi, je me suis fait attaquer, hier soir, alors que je rendais une visite bien innocente aux bosquets de monsieur Patente Binouche. Je furetais çà et là, à l'affût d'informations pour mon prochain article, lorsque Jasmine m'a saisi par le fond de culotte et s'est sauvée avec ma poche de pantalon et le carnet de notes qui s'y trouvait. Elle les a aussitôt engloutis sans aucun remords! On aurait même dit qu'elle me faisait des clins d'œil malicieux! Je vous aurai prévenus, il ne serait pas étonnant qu'elle provienne d'une civilisation extra-terrestre! Je ne voterai certainement pas pour monsieur Patente Binouche, qui est sûrement un sympathisant des Martiens! s'énerva le journaliste.

— Monsieur Gant de Fer, nous vous en supplions, revenez sur votre décision, demeurez notre maire! Ne nous aban-donnez pas! s'écrièrent en chœur les villageois.

— Je ne sais pas quoi vous dire! souffla le principal intéressé, complète-ment décontenancé.

Monsieur Gant de Fer s'était retiré un moment dans la confiserie pour réfléchir posément à cette proposition. Il se dressait maintenant devant la foule silencieuse.

— Mes chers amis, je suis touché, plus que vous ne pourriez le croire, de l'affection et de la confiance que vous me portez. Je vous mentirais si je vous disais que je ne regrette pas mes fonctions de maire. En fait, j'aimais prendre soin du village et de vous, mes villageois. Je constate à présent que mes talents de pâtissier laissent à désirer, mais je pensais qu'à force de persévérer, je pourrais y arriver... Cependant, comme vous le savez tous, certains de mes amis se présentent à cette élection. Par affection et par respect pour eux, je souhaite leur donner mon appui. Je ne reviendrai donc pas sur ma décision, termina calmement monsieur Gant de Fer.

Après quelques instants de silence, un tonnerre d'applaudissements se fit entendre. Les villageois manifestaient une dernière fois leur gratitude et leur sympathie à celui qui resterait certainement encore longtemps leur maire, à tout le moins au fond de leur cœur.

11

De drôles de rebondissements

En cette belle journée de décembre, les champs de Patati-Patata se paraient de blanc. Le soleil étincelait, faisant briller de mille feux les premiers flocons de l'hiver. Au creux de la vallée, on entendait des cloches tinter joyeusement. Petits et grands se hâtaient vers l'hôtel de ville. C'est que tous les villageois avaient été conviés pour célébrer l'issue des élections. Le nouveau maire, vêtu de ses plus beaux habits, se tenait fièrement devant ses concitoyens. Les festivités étaient sur le point de commencer, puisque le discours de l'élu des Patati-Patatains touchait à sa fin. Les journalistes, crayon à la main, prenaient fébrilement des notes.

— Chers villageois, j'ai le cœur à la fête, aujourd'hui. Je crois que notre village est un endroit merveilleux où il fait bon vivre. Je promets de vous servir avec respect et affection. En terminant, je vous remercie de votre confiance. Vous m'avez manqué, dit monsieur Gant de Fer avec émotion.

— En tout cas, vos beignets ne nous manqueront certainement pas! s'écria madame De la Bisbille, un sourire en coin.

— Ni vos gâteaux, ajouta monsieur De la Fouine, provoquant l'hilarité générale.

Eh oui! Contre toute attente, monsieur Gant de Fer avait abandonné son tablier. C'est que, peu de temps après la visite des villageois, madame Popote s'était entretenue avec son neveu.

— Mon cher Mortimer, lui avait-elle dit, l'envie de voir du pays m'a reprise. Tu comprends, j'ai le vague à l'âme et des fourmis dans les jambes. Je m'ennuie. J'ai recommencé à rêver à d'autres contrées, à de nouvelles saveurs, à des confiseries étranges et sublimes... Et puis, mon petit doigt me dit que ta place n'est pas dans cette pâtisserie. Ça, je pense que tu le sais déjà, n'est-ce pas ? Je suis certaine que tu trouveras ta voie, celle où tu t'épanouiras.

Un peu déçu, monsieur Gant de Fer avait assisté au départ de madame Popote. Elle avait en un tournemain rempli ses valises et fermé à clé la maison. Puis, elle avait sauté dans le premier train en partance pour une destination lointaine où, semblerait-il, il poussait dans les arbres une fève de cacao à saveur de banane.

Le jour même, alors que monsieur Gant de Fer faisait les cent pas dans son salon en se demandant ce qu'il allait bien pouvoir faire de ses dix doigts, les candidats étaient venus le trouver, chacun à leur tour. Ils lui avaient tous avoué que d'être maire ne les intéressait pas tant que cela, finalement.

— Je n'ai plus d'idées! Il y a des lunes que je n'ai pas bricolé une nouvelle invention pour faire rire les enfants, lui avait confié tristement monsieur Patente Binouche.

— J'ai enfin dit à Germaine que je voulais réparer ce qui est brisé, pas devenir maire. Bon, c'était dans mon rêve de la nuit dernière, et cela ressemblait plus à un cauchemar, mais je vais le lui annoncer pour de vrai aujourd'hui. Hum... peut-être demain ou après-demain, mais bientôt, c'est certain! Je suis vraiment décidé, avait affirmé monsieur Visse-Tout en se tordant les moustaches.

— Je me sens de plus en plus impatiente, avait soupiré madame De la Sourdine. Personne n'écoute, on me fait la sourde oreille. Je suis toujours en train de répéter. J'en ai assez!

— Les gens sont réfractaires aux changements, dans ce village! s'était exclamée madame Pincée. De vieilles mentalités... pfut!

— L'horaire ne me convient pas. Je ne trouve même plus le temps de me rendre chez mon coiffeur ni chez mon tailleur ! C'est une catastrophe pour mon image de marque, s'était plaint monsieur Vantetard.

Bref, chacun s'était désisté. Il ne restait plus aucun candidat, alors l'élection tomba à l'eau. L'offre fut donc renouvelée à monsieur Gant de Fer qui, après s'être assuré que cela ne blessait personne, accepta avec soulagement de reprendre ses fonctions de maire.

De toutes ses expériences culinaires, il resta quelques recettes étranges et inexplicables de matériaux ultra élastiques, résistants aux intempéries et tout à fait biologiques. Mortimer les fit breveter et ils furent utilisés pour remplacer le caoutchouc, le plastique et le ciment dans le village de Patati-Patata. Monsieur Zozoté, qui s'était recyclé en artiste-sculpteur après sa pénible expérience en photographie, utilisait ces matériaux particuliers pour façonner de magnifiques statues de toutes les formes et de toutes les couleurs. Celles-ci agrémentaient les rues et les parcs du village.

Encore une fois, le calme s'installa à Patati-Patata, à la satisfaction de tous, petits et grands.

Seule une chèvre aux longues oreilles, coquine à souhait, se promettait bien de s'amuser à troubler un peu cette paix...

Table des matières

1. Mystère à la mairie 9

2. Une sucrée de bonne idée! 17

3. Monsieur Gant de Fer
   fait les manchettes 23

4. Un secret bien gardé 31

5. Une disparition troublante 39

6. Jasmine fait des siennes 47

7. Qui dit mieux? 53

8. Une image vaut mille maux 61

9. Des tam-tam plein la tête 71

10. La grande demande 79

11. De drôles de
    rebondissements 87

Isabelle Girouard

Enfant, j'ai découvert, au fil de mes lectures, le monde merveilleux de l'imaginaire. C'est alors que les livres sont devenus mes amis. Puis, j'ai grandi. Un beau jour, en observant mes deux enfants rire et s'amuser, une histoire a germé. Pour moi, ce fut le début d'une belle aventure à laquelle ont participé tous ceux que j'aime : ma famille, mes amis et, bien sûr, les élèves de ma classe...

Derniers titres parus dans la
Collection Papillon

25. **Des matières dangereuses**
    Clément Fontaine

26. **Togo**
    Marie-Andrée et
    Geneviève Mativat

27. **Marélie de la mer**
    Linda Brousseau
    Prix littéraire Desjardins
    1994 (traduit en anglais
    et en italien)

28. **Roberval Kid et la ruée
    vers l'art**
    Rémy Simard
    Prix du livre de fiction
    de l'année 1994

29. **La licorne des neiges**
    Claude D'Astous

30. **Pas de panique, Marcel!**
    Hélène Gagnier

31. **Le retour du loup-garou**
    Susanne Julien

32. **La petite nouvelle**
    Ken Dolphin

33. **Mozarella**
    Danielle Simard

34. **Moi, c'est Turquoise!**
    Jean-François Somain

35. **Drôle d'héritage**
    Michel Lavoie

36. **Xavier et ses pères**
    Pierre Desrochers

37. **Minnie Bellavance, prise 2**
    Dominique Giroux

38. **Ce n'est pas de ma faute!**
    Linda Brousseau

39. **Le violon**
    Thomas Allen

40. **À la belle étoile**
    Marie-Andrée Clermont

41. **Le fil de l'histoire**
    Hélène Gagnier

42. **Le sourire des mondes
    lointains**
    Jean-François Somain
    (traduit en japonais)

43. **Roseline Dodo**
    Louise Lepire, finaliste au
    Prix littéraire Desjardins

44. **Le vrai père de Marélie**
    Linda Brousseau

45. **Moi, mon père...**
    Henriette Major

46. **La sécheuse cannibale**
    Danielle Rochette

47. **Bruno et moi**
    Jean-Michel Lienhardt

48. **Main dans la main**
    Linda Brousseau

49. **Voyageur malgré lui**
    Marie-Andrée Boucher
    Mativat

50. **Le mystère
    de la chambre 7**
    Hélène Gagnier

51. **Moi, ma mère...**
    Henriette Major

52. **Gloria**
Linda Brousseau

53. **Cendrillé**
Alain M. Bergeron

54. **Le palais d'Alkinoos**
Martine Valade

55. **Vent de panique**
Susanne Julien

56. **La garde-robe démoniaque**
Alain Langlois

57. **Fugues pour un somnambule**
Gaétan Chagnon

58. **Le Voleur masqué**
Mario Houle, finaliste au Prix du livre M. Christie 1999

59. **Les caprices du vent**
Josée Ouimet

60. **Serdarin des étoiles**
Laurent Chabin

61. **La tempête du siècle**
Angèle Delaunois

62. **L'autre vie de Noël Bouchard**
Hélène Gagnier, Prix littéraire Pierre-Tisseyre jeunesse 1998

63. **Les contes du calendrier**
Collectif de l'AEQJ

64. **Ladna et la bête**
Brigitte Purkhardt, mention d'excellence au Prix littéraire Pierre-Tisseyre jeunesse 1998

65. **Le collectionneur de vents**
Laurent Chabin

66. **Lune d'automne et autres contes**
André Lebugle, finaliste au Prix du livre M. Christie 2000

67. **Au clair du soleil**
Pierre Roy

68. **Comme sur des roulettes !**
Henriette Major

69. **Vladimirrr et compagnie**
Claudine Bertrand-Paradis, mention d'excellence au Prix littéraire Pierre-Tisseyre jeunesse 1998 ; Prix littéraire *Le Droit* 2000, catégorie jeunesse

70. **Le Matagoune**
Martine Valade

71. **Vas-y, princesse !**
Marie Page

72. **Le vampire et le Pierrot**
Henriette Major

73. **La Baie-James des «Pissenlit»**
Jean Béland

74. **Le huard au bec brisé**
Josée Ouimet

75. **Minnie Bellavance déménage**
Dominique Giroux

76. **Rude journée pour Robin**
Susanne Julien

77. **Fripouille**
Pierre Roy

78. **Verrue-Lente, consultante en maléfices**
Claire Daigneault

79. **La dernière nuit de l'*Empress of Ireland***
Josée Ouimet

80. **La vallée aux licornes**
Claude D'Astous

81. **La longue attente de Christophe**
Hélène Gagnier

82. **Opération Sasquatch**
Henriette Major

83. **Jacob Deux-Deux et le Vampire masqué**
Mordecai Richler

84. **Le meilleur ami du monde**
Laurent Chabin

85. **Robin et la vallée Perdue**
Susanne Julien

86. **Cigale, corbeau, fourmi et compagnie (30 fables)**
Guy Dessureault

87. **La fabrique de contes**
Christine Bonenfant

88. **Le mal des licornes**
Claude D'Astous

89. **Conrad, le gadousier**
Josée Ouimet

90. **Vent de folie sur Craquemou**
Lili Chartrand

91. **La folie du docteur Tulp**
Marie-Andrée Boucher Mativat et Daniel Mativat

92. **En avant, la musique!**
Henriette Major

93. **Le fil d'Ariane**
Jean-Pierre Dubé

94. **Charlie et les géants**
Alain M. Bergeron

95. **Snéfrou, le scribe**
Evelyne Gauthier

96. **Les fées d'Espezel**
Claude D'Astous

97. **La fête des fêtes**
Henriette Major

98. **Ma rencontre avec Twister**
Sylviane Thibault

99. **Les licornes noires**
Claude D'Astous

100. **À la folie!**
Dominique Tremblay

101. **Feuille de chou**
Hélène Cossette

102. **Le Chant des cloches**
Sonia K. Laflamme

103. **L'Odyssée des licornes**
Claude D'Astous

104. **Un bateau dans la savane**
Jean-Pierre Dubé

105. **Le fils de Bougainville**
Jean-Pierre Guillet

106. **Le grand feu**
Marie-Andrée Boucher Mativat

107. **Le dernier voyage de Qumak**
Geneviève Mativat

108. **Twister, mon chien détecteur**
Sylviane Thibault

109. **Souréal et le secret d'Augehym Ier**
Hélène Cossette

110. **Monsieur Patente Binouche**
Isabelle Girouard

111. **La fabrique de contes II**
Christine Bonenfant

112. **Snéfrou et la fête des dieux**
Evelyne Gauthier

113. **Pino, l'arbre aux secrets**
Cécile Gagnon

114. **L'appel des fées**
Claude D'Astous

115. **La fille du Soleil**
Andrée-Anne Gratton

116. **Le secret du château de la Bourdaisière**
Josée Ouimet

117. **La fabrique de contes III**
Christine Bonenfant

118. **Cauchemar à Patati-Patata**
Isabelle Girouard

119. **Tiens bon, Twister !**
Sylviane Thibault

120. **Coup monté au lac Argenté**
Diane Noiseux

121. **Sombre complot au temple d'Amon-Râ**
Evelyne Gauthier

122. **Le garçon qui n'existait plus**
Fredrick D'Anterny

123. **La forêt invisible**
Fredrick D'Anterny

124. **Le prince de la musique**
Fredrick D'Anterny

125. **La cabane dans l'arbre**
Henriette Major

126. **Le monde du Lac-en-Ciel**
Jean-Pierre Guillet

127. **Panique au Salon du livre**
Fredrick D'Anterny

128. **Les malheurs de Pierre-Olivier**
Lyne Vanier

129. **Je n'ai jamais vu un Noir aussi noir**
Claudine Paquet

130. **Les soucis de Zachary**
Sylviane Thibault

131. **Des élections sucrées**
Isabelle Girouard

132. **Pas de retraite pour Twister**
Sylviane Thibault

133. **Les voleurs d'eau**
Fredrick D'Anterny

134. **La tour enchantée**
Fredrick D'Anterny

135. **Noël de peur**
Fredrick D'Anterny

136. **Valeria et la note bleue**
Diane Vadeboncoeur

137. **Ariane et les abeilles meurtrières**
Jean-Pierre Dubé

138. **Lori-Lune et le secret de Polichinelle**
Susanne Julien

139. **Lori-Lune et l'ordre des Dragons**
Susanne Julien

140. **Lori-Lune et la course des Voltrons**
Susanne Julien